LOUIS PIEROTTI

LES SIGNES

MONOLOGUE

DIT

Par M. E. BARON, du Gymnase.

MARSEILLE

LIBRAIRIE MARSEILLAISE

34, Rue Paradis, 34

—

1882

LES SIGNES

LOUIS PIEROTTI

LES SIGNES

MONOLOGUE

DIT

Par M. E. BARON, du Gymnase.

MARSEILLE

LIBRAIRIE MARSEILLAISE

34, Rue Paradis, 34

—

1882

LES SIGNES

Un signe! peut-on avoir foi
Et mettre les gens en émoi
Pour cette preuve, assez fortuite,
D'un défaut ou d'un grand mérite?
Cela dépend, me direz-vous,
Et tout d'abord entendons-nous.
Pour moi, les signes, mis en cause,
Ne signifient pas grand chose.

Donc, on a toujours prétendu,
Bien que je m'en sois défendu,
Qu'ayant les dents très-écartées
Et dans leurs cases bien plantées —
Vous trouvez que cet argument
Est étrange ? Certainement. —
Je devais, c'est épouvantable ;
Avoir : une voix admirable !
Ecartées ! belle raison !
Sont-elles pas dans leur maison ?
Et faut-il que prises de force ;
Comme aux Chambres pour le divorce,
Ou dans un omnibus complet,
Elle se pressent, s'il vous plaît ?
Et, je m'étais mis en colère
Plus d'une fois, pour faire taire
Ces idiots ; bah ! sous mon nez
On riait. Vous le devinez,
C'était fatal, indispensable,
J'avais : une voix admirable !
Or, l'orage un soir a crevé.

S'il ne vous est pas arrivé
De recevoir sur votre tête
Une tuile, un jour de tempête,
Vous ne pourrez, un seul moment,
Comprendre quel fut mon tourment.

Un soir, mon oncle, — pour étrennes
En naissant j'en eus deux douzaines
Qu'il plut au sort de me donner —
Mon oncle offrait un grand dîner.
— Il eût été bien plus commode
De rompre net avec la mode,
Et, sans attendre au lendemain,
D'offrir loyalement la main
A tous ces amis de la veille ! —
Mais, hélas ! la fortune veille,
Et quand un homme lui déplaît
— Comme moi — c'en est bientôt fait.
A table ; assis près de ma tante,
Qui, sans que je l'en complimente,

Est un vrai bastion vivant ;
Je me penchais le plus souvent
Vers une adorable cousine
Que j'avais aussi pour voisine.
Un seul point noir — j'avais raison —
Obscurcissait mon horizon :
En face, au-delà de la table,
Mon cousin ; race détestable,
Tourment inventé par les dieux ;
Mon cousin me couvait des yeux.
On l'était, cousins, par les mères,
Mais passons les préliminaires ;
Si le sort nous fit naître égaux,
Par le cœur nous étions rivaux.
Soudain, bondissant à sa place,
Le traître ! mon cousin d'en face !
Rappela qu'on s'était promis
Que je chanterais. Tous — hormis
Moi pourtant — hurlèrent en masse.
On attendait que je chan-tas-se !
Inutile de protester,

Car il fallait s'exécuter.
— Non! mais figurez-vous la tête
D'un député que la sonnette
Réveille. Il dormait, à l'instant,
Un caprice du Président,
L'oblige à prendre la parole! —
Car enfin, mon cousin, le drôle!
Le savait à n'en pas douter,
Jamais je n'avais su chanter!
Comme une grappe sur la souche
Je tremblais, et, j'ouvris la bouche
Pour parler quand, tous à la fois,
De bravos couvrirent ma voix!

(D'un ton tragique.)

C'était le prologue du drame.
Au diable je vouais leur âme.
J'eusse livré tout, au besoin,
Pour être, en ce moment, bien loin.
Inconscient, pris de folie,
J'espérais, même un incendie!

Le moyen était mal trouvé,
Et chacun se serait sauvé
Car je n'étais pas au théâtre.

J'essayais pourtant de me battre,
Et, du moins s'il fallait céder,
Je n'aurais rien à regretter !
— Sur un vaste plat de faïence ;
Car, mes bourreaux faisaient bombance,
On allait servir un dindon,
Gras, bouffi comme un marmiton,
Trônant comme un bey sur ses cuisses,
Majestueux comme cent suisses ! —
Bref, résolu, d'un seul regard
J'indiquais ce monceau de lard,
Tant j'étais sûr, on le devine,
De les prendre par la famine !

Rien ne put les faire changer,
C'était moi (scandant), qu'on voulait manger !

Mes tyrans riaient à se tordre
Et, comme mu par un mot d'ordre,
chacun d'eux se mit à crier :
« Comme vous vous faites prier !
« Mais chantez-donc une romance !
« Le Beau Nicolas ! — Pauvre France ! »
Et l'on mit sens dessus dessous
Tout le répertoire à deux sous !
Comme un homme pris de vertige,
Dont le sang brusquement se fige,
J'hésitai, puis, brutalement,
Je commençai, résolument ;
Sans leur jeter même le titre,
Comme un sous-diacre à l'épitre,

(Il porte sa main au cœur et chante.)

D'un trait : « Et lorsque la douleur,
« Aura brisé..... » de tout mon cœur,
J'eusse brisé, la chose est nette,
Toutes les chaises sur leur tête ! —
Et j'allai, sans un seul arrêt,

Du premier au dernier couplet.
Mais bientôt court, de bouche en bouche,
Une rumeur : « Dieu, qu'elle douche !
« Quel subit désenchantement !
« Assez ! mon cher ! c'est assommant ! »

                    (Il dit plus rapidement.)

— Ah ! vous en vouliez, murmurai-je,
Tenez, mangez-en du solfège ! —
Et, plus je redoublais d'entrain,
Plus le tumulte allait bon train.
Je recommençai la romance.
Je la savourais ma vengeance !
Et, d'un ton roque et caverneux,
Je fis encore un tour, puis deux !
A la fin j'étais insensible.
Leur rage était indescriptible !

                         (Plus calme.)

Soudain, comme un orgue cassé,
Je me tus. Éreinté, lassé,
Et me sentant mal à mon aise,
Je tombai, rompu, sur ma chaise,

Ruisselant, blanc comme un linceul,
La voix me manquait ; j'étais seul !

Les Signes du Chant, *farce indigne !*
Avaient été mon Chant du Cygne !

Impr. T. Samat, quai du Canal, 15.

DU MÊME

UN PRÉJUGÉ, — Comédie en 1 acte, représentée au Gymnase (1880).

CHRONIQUE LOCALE, — Reportage en 1 acte, représenté au Gymnase (1881).

DÉFLORÉE, — Étude réaliste (épuisé).

DENIS-DUSSOUB, — Poème dramatique.

QUI TROP EMBRASSE, — Comédie en 1 acte, représentée au Gymnase (1881).

www.ingramcontent.com/pod-product-compliance
Lightning Source LLC
Chambersburg PA
CBHW001436170020
46811CB00005B/2298